L'ANNEAU

DE

LA FIANCÉE,

DRAME-LYRIQUE EN TROIS ACTES.

L'ANNEAU
DE
LA FIANCÉE,

DRAME-LYRIQUE EN TROIS ACTES,

PAR MM. BRISSET ET BLANGINI;

Représenté, pour la première fois, le 28 janvier 1828, sur le Théâtre de Nouveautés.

PARIS,
CHEZ BARBA, ÉDITEUR,
COUR DES FONTAINES, N. 7,
ET AU MAGASIN DES PIÈCES DE THÉATRE,
RUE SAINT-HONORÉ, N. 210, ANCIEN LOCAL DE LA CIVETTE.

1828.

Personnages.	Acteurs.
ROBERT LE DIABLE, sous le nom d'Enguerrand au premier acte, et sous celui de Roger au deuxième acte..........	M. Brice.
ALIX, comtesse, châtelaine...........	Mme Brice.
MATILDE, ses nièces.......	Mme Adèle.
BLANCHEROSE, ses nièces.......	Mlle Miller.
RAGONDE, parente de Berthe et concierge d'un manoir appartenant à Alix.......	Mme Florval mère.
BERTHE, parente élevée par Ragonde..	Mlle Hyrté.
THIBAUT, écuyers de Robert.....	M. Bouffé.
ALBÉRIC, écuyers de Robert.....	M. Émile.
Un Écuyer du Sénéchal...............	M. Fleury.
BLANCHE, villageoises distinguées.	Mlle Virginie.
MARGUERITE, villageoises distinguées.	Mlle Florval.
ISOLINE, villageoises distinguées.	Mlle Laurence.
ROSE, villageoises distinguées.	Mlle Bury.
La Statue de Matilde.	
Dames, Chevaliers, Écuyers, Hommes d'armes, de la cour d'Alix.	
Villageois.	
Villageoises.	
Valets, Femmes du château de Robert.	

(La Scène se passe en France, dans le douzième siècle.)

L'ANNEAU DE LA FIANCÉE.

ACTE PREMIER.

Le Théâtre représente les jardins du château d'Alix.

SCENE PREMIÈRE.

ALIX, THIBAUT, RAGONDE, DAMES, CHEVALIERS, ÉCUYERS.

Au lever du rideau, tableau d'un départ pour le tournois. Des chevaliers sont aux pieds de leurs dames, et reçoivent des écharpes. La Comtesse est au milieu d'eux.

CHOEUR DE CHEVALIERS.

Oui, pour la gloire
Et la victoire,
Voici l'instant
D'être vaillant !
Pour plaire il faut être vaillant !.....

CHOEUR DE DAMES.

Chevaliers, c'est l'instant
De se montrer vaillant !
A votre belle,
Comme à l'honneur,
Soyez fidèle,
Soyez vainqueur !....

LA COMTESSE.

Le clairon sonne.....
L'honneur l'ordonne,
Suivez ses lois !....

CHOEUR DE CHEVALIERS.

Partons, partons pour le tournois !

CHOEUR GÉNÉRAL.

Chevaliers, c'est l'instant
De se montrer, etc., etc.,

(Les chevaliers et les dames s'éloignent, ainsi que les écuyers, Alix les reconduit).

SCÈNE II.

RAGONDE, THIBAUT.

THIBAUT.

Comment, déjà partir, dame Ragonde... mais vous n'y songez pas... la veille d'un tournois.... et vous ne savez peut-être pas ce que c'est qu'un tournois..? Imaginez-vous des hommes qui sont les meilleurs amis du monde, et qui, un instant après.... v'li! v'lan! pour l'honneur et les dames, comme ils le disent, se cassent les bras et les jambes. C'est très-beau à voir... de loin!

RAGONDE.

Un tournois!.. qu'y-ai-je à faire?.. on joûtera bien sans moi, seigneur écuyer!

THIBAUT.

Sans vous.. oui.. mais votre charmante fille.. elle n'eût pas été la moins jolie des dames qui, d'un regard, encourageront les combattans, et j'en connais un qui n'aurait pas eu d'autre cri que Berthe et amour!

RAGONDE.

Vraiment!... eh! bien j'en suis fâchée! (*d'un air sec.*) Il faudra qu'il en choisisse une autre.. la fille de la pauvre concierge du château de Sorel n'est point faite pour tant d'éclat!..

AIR

De plus beaux noms que celui de ma fille,
Des combattans doubleront la valeur;
C'est qu'on aime dans ma famille
Bien moins les honneurs que l'honneur.

THIBAUT.

A ce discours j'applaudis de bon cœur.
A part. Pour être bon, j'étais né..... mais le vice
Est généreux, je veux le fuir pourtant,
Et je ferai ce sacrifice
Quand la vertu voudra payer autant.

... J'ai tort de rester au service d'un tel maître. (*Bas et avec abandon à Ragonde.*) Oui.. partez, dame Ragonde.. partez.. et ne revenez pas ici... tant que...

RAGONDE.

Tant que...

THIBAUT.

Rien.. votre fille est jolie.. et il se rencontre dans le monde des gens qui... Vous ne savez peut-être pas ce que c'est qu'un séducteur... Pour avoir un séducteur, prenez un homme, un joli garçon comme moi, qui s'en va à droite, à gauche, dire à l'une : vous êtes charmante! à l'autre : parole d'honneur; à la troisième... quelque chose dans ce genre-là, et qui, au moment où on croit le tenir... crac, plus personne... Rappelez-vous le proverbe : jeune brebis a besoin d'une bonne garde!

RAGONDE.

Je ne crains pas le loup... nous n'avons pas de bois à traverser, et l'on n'entend plus parler de Robert-le-Diable...

THIBAUT.

Ah! et c'est ce qui vous tranquillise? (*A part.*) Pauvre femme! (*Haut.*) Adieu donc dame Ragonde! rappelez-vous ce que vous a dit le petit Thibaut : jeune brebis....

RAGONDE.

Voilà la comtessse!

THIBAUT, *à part.*

Allons trouver mon maître.. tâche, m'a-t'il dit, de retenir ici la vieille et la jeune fille.. Elles partent, tant mieux.. encore une d'échappée.. (*Il sort.*)

SCENE III.

RAGONDE, ALIX.

ALIX.

Ragonde !.. je vous croyais partie ?

RAGONDE.

Ma fille est encore auprès de mademoiselle votre nièce, madame la comtesse... Depuis ce matin elle est renfermée avec elle.. bonne demoiselle !... Elle lui fait tant de questions sur le manoir où elle a été élevée avec sa sœur Matilde.. il faut que Berthe lui donne des renseignemens sur tous les pauvres du village, qu'elle aimait à visiter.. à secourir...

ALIX.

Aimable Blancherose !.. ses goûts sont si simples !.. son cœur est si bon !.. sa sensibilité si touchante ; j'espère bien, dame Ragonde, que votre fille lui aura tû le sujet de votre petit voyage.. Quel effroi pour elle.. si elle venait à savoir...

RAGONDE.

Ah ! mon Dieu !.. vous avez raison.. et moi qui n'y ai pas songé.. à mon âge.. pas plus de précaution.. mon Dieu !.. mon Dieu !.. que je suis fâchée...

ALIX.

Elle vient.. Nous verrons bien si elle sait.. et alors je me charge de la rassurer !

SCÈNE IV.

ALIX, RAGONDE, BLANCHEROSE, *suivie* de BERTHE.

(Blancherose est pâle et inquiète; à la vue de la Comtesse, elle pousse un cri de joie et court l'embrasser.)

BLANCHEROSE.

Ma mère !.. ah ! que je suis contente de te voir..

ALIX.

Pourquoi cette joie, mon enfant.. et qui pouvait t'inquiéter ?..

BLANCHEROSE.

Je ne sais.. mais je te cherchais au château.. je ne te trouvais pas.. Ma bonne amie.. tu n'as pas reçu de nouvelles de Matilde, de ma sœur.. Qu'il y a long-temps qu'elle nous a quittés.. pourquoi ne vient-elle pas ? que fait-elle au château du baron Amaury ? Pourvu qu'il ne lui soit rien arrivé. Depuis quelques jours, elle n'a point écrit.

ALIX.

Pourquoi ces craintes ?

BLANCHEROSE.

Je ne sais.. je tremble.. si tu savais quels rêves j'ai faits cette nuit.,

ROMANCE.

Près de mon lit j'ai vu paraître
Ma mère, qui semblait gémir ;
Sa voix que j'ai su reconnaître,
M'a dit tout bas, tu vas mourir.
Le vent plus tristement murmure ;
Le ciel est sombre et l'air plus froid.
Je suis triste, et dans la nature
Tout semble triste comme moi !

II.

Comme une ombre qui s'évapore,
Mes beaux jours hélas, semblent fuir !
Humide des pleurs de l'aurore,
La rose ainsi peut se flétrir.
Le vent plus tristement murmure ;
Le ciel est sombre, etc.

ALIX.

Mon enfant, qui peut noircir ainsi votre imagination ?..

RAGONDE.

Je suis sûre que je l'ai deviné, moi... c'est cette petite sotte avec ses contes....

BLANCHEROSE.

Non.. ce ne sont pas des contes.. et vous êtes venue, vous même hier, pour l'apprendre à la comtesse... A minuit, depuis quelque temps, les statues de nos aïeux, s'agitent sur leurs piedestaux.. dans le vieux château de Sorel. Vous les avez vues vous-même porter lourdement dans la grande salle leurs pieds de marbre, et annoncer en se promenant sous les ogives de nouveaux malheurs à notre famille...

RAGONDE *à Berthe.*

Comment... tu as pu conter à mademoiselle...

BERTHE.

Mais, ma mère... j'ai dit la vérité... et vous savez bien ce que vous avez vu... et moi, donc... un soir...

RAGONDE.

Silence!... (*à Blancherose.*) Je vous assure bien, mademoiselle!...

ALIX.

Il ne faut pas se presser de croire à de semblables récits!...

BLANCHEROSE.

Ces prodiges troublèrent déjà la paix du manoir de mon père... lorsque Robert-le-Diable...

ALIX.

Pourquoi rappeler ces jours de guerre et de terreur où, victimes d'un déloyal ennemi, ton père... ta mère... me léguèrent le soin de veiller sur toi, sur ta sœur?...

BLANCHEROSE, *avec sensibilité.*

Pourquoi?... Pour chérir davantage tous les jours la main qui, s'étendant sur les orphelines, les soutient... les protège... (*Elle lui baise la main.*)

ALIX, *avec attendrissement.*

Ma fille... bannis cette tristesse qui te tourmente... goûtons le bonheur présent... ne jetons un regard sur les malheurs passés que pour remercier le ciel de les avoir finis... et s'il lui plaît de nous envoyer de nouvelles épreuves... pleins de confiance dans sa justice... attendons-les... elles seront moins pénibles si nous nous offrons devant elles libres et pures de toute affection coupable...

BLANCHEROSE.

Oui, libres... pures... ma mère... je dois... il faut... j'aurais dû t'en faire part plutôt...

ALIX.

Achève!... Tu es troublée?... Si tu as un secret... tu me le confieras, n'est-ce pas?... Venez, dame Ragonde... j'ai quelques instructions à vous donner... Votre fille Berthe viendra vous rejoindre... Et toi, ma chère enfant... de la confiance!... J'attends ton secret!...

(Elle sort appuyée sur Ragonde.)

SCÈNE V.

BERTHE, BLANCHEROSE.

BERTHE.

Voyez donc à quoi sert de dire la vérité. « Cette petite sotte avec ses contes. » Ce n'est pas ce que m'a dit ma mère qui m'afflige... c'est de ne pas vous avoir évité des inquiétudes... c'est de vous voir triste... et de songer que c'est moi, moi, qui en suis cause...

BLANCHEROSE.

Console-toi, Berthe... ce nuage de tristesse est passé... j'ai eu tort... je serai bien gaie... Il le faut... la gaîté embellit... et je veux plaire à mon chevalier. Tu le verras un jour, j'espère... L'amour amène le mariage... Et quand il sera mon époux, je le mènerai au vieux château; nous irons voir ensemble et prier les statues qui, à minuit... Tu les a bien vues, n'est-ce pas?... Ce sont peut-être nos noces qu'elles annoncent... Qui sait... si c'était pour moi!... C'est à toi, que je puis dire cela... Une autre en rirait.... mais je crois que c'est moi que l'on attend!...

BERTHE.

Que c'est vous... que l'on attend! Allons... quelle folie!... Comment, vous croyez que vous devez augmenter le nombre de ces statues... quelle idée!...

BLANCHEROSE.

Berthe... écoute... retiens bien cela... S'ils veulent rappeler ma mémoire, un vase rempli de ces belles fleurs dont je porte le nom, suffira... Mon image n'effrayera point ainsi... Peut-être même que ces roses... le jour de ton mariage, tu cueilleras, là... ton bouquet nuptial... souviens-t'en... entends-tu!... je l'exige!...

BERTHE.

Vous aimez et vous êtes si triste... Au village, c'est bien différent!... Vous avez donc oublié le chant du soir sur les rives du lac!...

Barcarole.

Sans la gaîté, l'amour ne saurait plaire,
C'est en chantant qu'il s'éveille aux hameaux;
Le soir gaîment, notre main sur les eaux,
Fait voguer avec grace une barque légère!
Alors un chant délicieux
Dit aux vents du soir qu'il appelle,
Venez.... je livre ma nacelle
A votre souffle gracieux!

BLANCHEROSE.

Oui, je comprends le bonheur du village;
Mais je le sens à mon cœur tourmenté,
L'amour ne peut inspirer la gaîté.
Même au sein d'un beau jour, je crains encor l'orage.
Redis ton chant délicieux,
C'est le chant de la pastourelle;
Adieu, suis la voix qui t'appelle,
La mienne te fait ses adieux!....

(Elles sortent, Berthe à droite et Blancherose à gauche.)

SCÈNE VI.

ROBERT, THIBAUT.

ROBERT.

Je ne la vois pas.... Est-elle partie déjà?

THIBAUT.

Je vous cherche, Monseigneur.

ROBERT.

Monseigneur! ne sais-tu pas que je suis ici ton camarade.

THIBAUT.

C'est plus fort que moi, et je ne puis pas m'habituer à vous traiter sans façon.... C'est drôle.... et puis avec ça.... vous avez des noms!... Enguerrand avec les châtelaines, Roger avec les bachelettes.... C'est commode, car le véritable n'est pas trop en crédit.... ce titre dont on le fait suivre.

ROBERT.

Charmant, et donné par la folie autant que par la valeur.

THIBAUT.

Et avec cela, vous le quittez le plus souvent que vous pouvez.... C'est comme le serpent qui change de peau.

ROBERT.

La comparaison....

THIBAUT.

Elle est juste avec un homme qui fait métier de séduction.

ROBERT.

Je te ferai rouer de coups.

THIBAUT.

Est-ce comme cela que Monseigneur entend l'égalité....

ROBERT.

Qu'avais-tu à me dire?

THIBAUT.

Berthe, cette jeune fille, vous savez bien.... que vous aimez tant depuis hier.... elle est partie.... je viens de la voir s'éloigner du château.

ROBERT.

Elle est partie! eh bien demain je serai près d'elle dans son village.

THIBAUT.

Et la noble demoiselle qui vous tient ici en servage....

ROBERT.

Je n'aurai plus rien à faire ici demain.

THIBAUT

Demain.... et voici la nuit.... Vous croyez donc que cette nuit même.... Vraiment je vous admire, tout en vous blâmant! et décidément il faut que ça soit vrai, ce qu'on raconte de vous.

ROBERT.

Quoi?

THIBAUT.

Que vous avez fait un pacte avec le Diable, et qu'il vous a donné sur les femmes le pouvoir que lui-même a dit-on de tous temps exercé sur elle.... Vous riez.... Moi qui vois vos succès, je le crois.. ici, mademoiselle Blancherose.. Et celle que vous avez laissée au château du baron Amaury?

ROBERT.

Tais-toi....

THIBAUT.

Il me prend quelquefois des envies de vous imiter... et de me faire séducteur à la suite... mais j'ai toujours échoué dans mes imitations.

ROBERT.

Tu ne connais pas le cœur des femmes...

THIBAUT.

Non, mais je connais leurs mains... et c'est ce qui me fait préférer vos amours de châteaux à vos excursions pastorales: c'est étonnant comme les bergères ont la main lourde.

(Il fait le signe de donner des soufflets.)

ROBERT.

Thibaut, tu tiendras cette nuit nos chevaux sellés à l'entrée du petit bois....

THIBAUT.

Comment... il faut que je passe la nuit tout seul à vous attendre à la belle étoile... avec ça qu'il n'y en a pas une au ciel, et qu'au contraire tout s'y dispose pour un orage.

ROBERT.

C'est bien ce qu'il y a de mieux.

THIBAUT.

Pour vous, oui... mais pour moi... tenez!.. j'aime autant ne pas être votre égal... et rester à couvert quand il pleut.

ROBERT.

J'ordonne... obéis; et pas un mot de plus.

THIBAUT.

J'ordonne... obéis!.. à la bonne heure... on sait au moins à quoi s'en tenir!

SCÈNE VII.

ROBERT, *seul.*

Berthe est très-jolie!... je la retrouverai... mais maintenant je ne dois songer qu'à Blancherose.... Je veux la surprendre, et achever la conquête d'un cœur tout disposé à céder à mes vœux!...

Air

La nuit s'avance,
Et l'espérance
Conduit l'amant vers le plaisir.
L'amour m'appelle
Près d'une belle,
Un cœur fidèle
Doit obéir!

Dans sa demeure, introduit par l'adressse,
Je veux enfin tomber à ses genoux.
Que ce moment sera doux.
Nuit, aux jaloux
Cache mon ivresse!....

Oui, dans le plus discret réduit....
C'est le plaisir qui me conduit.
Protège, ô nuit, la plus douce ivresse?

La nuit s'avance
Et l'espérance, etc., etc.

(Il entre. Changement de décoration.)

SCÈNE VIII.

(Le théâtre représente la chambre de Blancherose.)

ALIX, BLANCHEROSE, *puis* ROBERT.

(La comtesse et sa nièce sont précédées par une femme qui porte une lampe qu'elle dépose sur une table, après quoi elle sort.)

ALIX.

Te voici dans ta chambre!... Il fait nuit... c'est l'heure du repos... Adieu, ma fille!..

BLANCHEROSE.

Sitôt!...

ALIX.

Tu n'as rien à me dire...?

BLANCHEROSE.

Si... un secret... je vous en ai parlé ce matin... et maintenant, je tremble de vous le dire...

ALIX.

Aimes-tu mieux le garder toute seule...

BLANCHEROSE.

Oh! non... je veux tout partager avec vous...

ALIX.

Eh! bien!...

BLANCHEROSE.

J'aime!

ALIX.

Moi et ta sœur Matilde.

BLANCHEROSE.

Oui... et un autre...

ROBERT, *entrouvrant doucement la porte.*

Elle n'est pas seule... c'est la comtesse!... Écoutons.

ALIX.

Tu aimes?... qui donc encore?...

BLANCHEROSE.

De tous ces chevaliers accourus à votre cour, au bruit du tournois qui s'y prépare, ma mère... à qui dois-je donner la préférence?

ALIX.

Si mon goût n'était pas le tien, je t'affligerais peut-être.. Je me dispense de me prononcer... ton choix ne peut être que bon... tu as découvert sans doute, dans celui qui te charme, d'autres qualités qu'un extérieur séduisant et une armure brillante... tu sais que sa famille est digne de s'allier à nous... et que ses actions ont continué ses titres de noblesse?

BLANCHEROSE, *embarrassée.*

Ma mère !...

ALIX.

Avant de s'avouer à soi-même que l'on aime... avant d'en faire part aux autres... il faut savoir tout cela, pour ne pas rougir de son choix... et je suis sûre que ta prudence...

BLANCHEROSE.

Mon Dieu !.. voyez comme je rougis!..

ROBERT, *à part.*

Fâcheux contretemps!..

ALIX.

Tranquillise-toi... cette prudence que je te conseille, sera celle de l'amitié... L'amour est aveugle, dit-on, je regarderai pour toi... Celui que tu aimes sera dans la lice, demain... il faut que tu me dises....

BLANCHEROSE.

La couleur de son écharpe... c'est un voile qui lui en servira... un voile vert...

ALIX.

C'était hier la couleur du tien... Blancherose!.. quelle imprudence!..

BLANCHEROSE.

Pardon!.. tes reproches n'égaleront jamais ceux que je

me suis faits... de te cacher ce secret... mais, c'est fini .. maintenant que tu le sais... j'attendrai pour continuer de l'aimer que tu m'aies dit : il en est digne !..

ROBERT, *à part.*

C'est ce que nous verrons !..

ALIX.

Adieu !.. il est tard... repose en paix, l'amitié veille sur toi... (*Elle sort.*)

SCENE IX.

BLANCHEROSE, et ROBERT *à l'écart.*

BLANCHEROSE.

Si Matilde avait été ici.. je n'aurais point de reproches à me faire.. confidente de toutes mes pensées, elle aurait su en même temps que moi le nouveau sentiment qui règne sur mon cœur... Ma sœur, quand me seras-tu rendue ?. son absence m'inquiète, et je veux qu'une lettre.. (*Elle apperçoit Robert*) Un homme !.. Ciel !.. Enguerrand !..

ROBERT.

Blancherose !.

BLANCHEROSE.

Qui vous amène ici ?. mes femmes sont là.. à côté..

ROBERT, *la retenant.*

Non !. non.. vous m'écouterez !.. vous saurez qui m'amène dans la nuit auprès de vous.. vous m'excuserez, et votre sévérité ne donnera point l'apparence du crime à une démarche imprudente peut-être.. mais dont la délicatesse a donné le conseil... Blancherose, je vous aime avec idolâtrie !.. vous m'aimez !.. oui, vous m'aimez !..

BLANCHEROSE.

Ah ! le méritez-vous encore !..

ROBERT.

Plus que jamais... vous m'aimez !. je ne puis me parer des preuves de votre confiance, qu'après vous en avoir donné de la mienne.. un inconnu ne peut porter vos couleurs.. je lui rendrai cette écharpe qu'elle m'a donnée et que tous les preux de France ne pourraient m'enlever!

BLANCHEROSE.

Voilà le motif! ..

ROBERT.

Que je bénis le hasard qui me procure le bonheur de rassurer votre âme.. je promenais dans la nuit mes pensées d'amour.. je cherchais l'endroit où vous reposez! elle est là.. disais-je.. cette lumière est la sienne!.. je pousse la porte de l'escalier de la tour.. elle cède.. je franchis les degrés.. Blancherose! m'en voulez-vous d'avoir pénétré jusqu'ici?

BLANCHEROSE.

Non.. puisque la vertu vous accompagne!.

ROBERT.

Il est si doux d'être auprès de vous, là.. au milieu de la nuit.. (*Orage.*)

BLANCHEROSE, *le repoussant doucement.*

Enguerrand!..

ROBERT.

Blancherose.. un temps viendra où tu ne me repousseras pas ainsi.. alors.. ma main..

BLANCHEROSE.

Elle est froide!.. votre manteau est mouillé..

ROBERT.

Oui.. l'orage est venu avec la nuit...

BLANCHEROSE.

Et vous l'avez bravé pour moi.

ROBERT.

Entendez-vous la pluie?.

BLANCHEROSE.

Le tonnerre gronde sur le château! j'ai peur! ami, partez.. j'appellerai mes femmes!

ROBERT.

Partir! oui.... adieu!

BLANCHEROSE.

Quelle tempête!.. égaré dans la nuit.. s'il allait.. ces fossés larges et profonds..

ROBERT.

Laissez-moi attendre la fin de l'orage... auprès de vous!

DUO.

Restez.... restez auprès de moi!....
C'est en vain que gronde l'orage

BLANCHEROSE.

Cher Enguerrand!.... je meurs d'effroi.

ROBERT.

Près de moi reprenez courage!

BLANCHEROSE.

Dieu!.... quel orage!

ROBERT.

Restez.... restez auprès de moi!

BLANCHEROSE, *le repoussant.*

Non, non.:.. éloignez-vous, de grâce,
Et moi.... je vais rester à cette place....

ROBERT.

C'est bien loin....

BLANCHEROSE.

Il le faut.

ROBERT.

Pourquoi?....
(Coup de tonnerre.)
Approchez-vous!....

BLANCHEROSE, *s'approchaut.*

Je meurs d'effroi!

ROBERT, *passant son bras autour d'elle.*

Vous aurez moins peur près de moi.

BLANCHEROSE.

Oui, près de lui, j'aurai moins peur, je crois!

ROBERT.

Malgré l'orage
Qui fait trembler !
De mariage
Il faut parler....

BLANCHEROSE.

Pendant l'orage
Qui fait trembler,
De mariage
Pourquoi parler?

(Elle s'éloigne. Coup de tonnerre. Elle se rapproche.)

ROBERT.

Cet anneau doit être le gage
De notre hymen !...

BLANCHEROSE, *s'échappant de ses bras.*

N'approchez-pas!

ROBERT.

Recevez-le !...

BLANCHEROSE, *résistant avec peine.*

Grand Dieu!..l'orage!
Redouble encore ses éclats!

(Coup de tonnerre.)

Ah !

(Elle s'abandonne à Robert qui lui met sa bague au doigt.)

ROBERT.

Restez !... restez !... et plus d'effroi !
C'est en vain que gronde l'orage;
Près de moi, reprenez courage;
Restez !... restez, auprès de moi !

BLANCHEROSE.

Près de vous je sens moins d'effroi
Si près de nous gronde l'orage;
Près de vous, je reprends courage:
Restez !... restez auprès de moi!

UNE VOIX, *en dehors appelant :*

Blancherose !

(Mouvement très-animé)

BLANCHEROSE.

Entendez-vous?...

ROBERT.

Quoi donc?

BLANCHEROSE.

Cette voix qui m'appelle,
C'est la voix de ma sœur!...

ROBERT.

Votre sœur!.... quelle est-elle?

BLANCHEROSE.

Matilde!...

ROBERT.

O ciel!....

LA VOIX, *rapprochée.*

Blancherose!

BLANCHEROSE.

Oui, c'est elle!
Et je cours la chercher...

ROBERT.

Je frémis!

BLANCHEROSE.

La voilà!....

ROBERT.

Matilde! .... où me cacher?

SCÈNE X.

BLANCHEROSE. *Elle s'est élancée dans les bras de* MATILDE *qui entre*; ROBERT *reste dans le fond.*

BLANCHEROSE.

C'est toi!.. tu m'es rendue, ma sœur!.. Matilde!. dans quel état, grand Dieu!. ces cheveux en désordre!. ces voiles de deuil.. ces traits égarés.. comme elle me regarde fixement!. Matilde, c'est ta sœur.. c'est Blancherose!

ROBERT, *à part.*

Dans quel état je la revois!..

MATILDE.

Ma sœur!.. Blancherose.. oui.. oui... je sais... sage, vertueuse, pure encore.. je la reconnaîtrai sans peine... mais moi.. non... elle ne me reconnaîtra plus!.

BLANCHEROSE.

Quel égarement!..

MATILDE.

Je reviens pour elle.. pour Blancherose.. entendez-vous.. la foudre gronde et les vents sont déchaînés.. eh! bien j'ai bravé leur fureur pour la revoir..

BLANCHEROSE.

Ma sœur!

MATILDE.

J'ai bien craint de ne pouvoir arriver.. ma route a été si longue, si pénible.. et cependant je chantais en traînant mes pas dans les bois et sur les bruyères..(*Avec un sourire*)Oui.. je chantais... c'est un chant que le troubadour fait entendre le soir, aux portes de la tourelle... attendez!...

NOCTURNE.

Ouvrez, gentille dame...

BLANCHEROSE, *surprise.*

Ouvrez, gentille dame...

ROBERT.

Ouvrez, gentille dame...

MATILDE.

Au jeune troubadour!

BLANCHEROSE, *plus surprise.*

Au jeune troubadour!
Avec ce chant, Enguerrand l'autre jour,
Enguerrand attendrit mon âme!

MATILDE.

Voici l'heure d'amour,
Ouvrez, gentille dame,
Au jeune troubadour!

ENSEMBLE.

Du mystère
C'est l'instant;
Pour lui plaire
Prudemment
Ouvres la porte à ton amant.

BLANCHEROSE.

Quel mystère
Etonnant !
Pour me plaire
C'est le chant
Qu'ici, répétait Enguerrand !

ROBERT.

Comment faire,
En fuyant
Leur colère,
Prudemment
Evitons un affreux instant.

MATILDE.

Il ne faut pas le recevoir... fermez... fermez la porte...

(Elle ferme la porte. Robert, qui s'était avancé pour fuir, s'éloigne brusquement dans le fond.)

S'il entrait ici, vous seriez perdue...

BLANCHEROSE.

Qui... de qui parle-tu ?

MATILDE.

Vous ne le connaissez pas... écoutez... non... il ne chante plus... alors je puis vous dire... il ne faut pas qu'il nous entende et qu'il me voie pleurer surtout... le damné se réjouit des larmes de ceux qu'il entraîne dans l'abîme...

BLANCHEROSE.

Au nom du ciel... calme l'effroi que tu m'inspires... ma sœur !

MATILDE.

Ma sœur... oui... il faut lui dire de fuir les séducteurs... un surtout, affreux sous son masque riant... ses flatteries sont un poison qui dévore... il dit j'aime, on le croit... il s'enfuit et l'on meurt.

BLANCHEROSE.

Ma sœur!.. tu parles de séductions... Matilde!.. on t'a donc trompée?...

MATILDE.

Oui, trompée... indignement trompée. C'était une nuit d'orage et de terreur comme celle-ci.

BLANCHEROSE.

Je frémis!..

MATILDE.

Introduit dans mon appartement par l'enfer, qui lui a donné son nom!

BLANCHEROSE.

Grand dieu!

MATILDE.

Il parlait d'amour... de vertu... d'hymen!.. j'eus la lâcheté de le croire... et sa bague!.. Dieu!.. cet anneau!..

BLANCHEROSE.

Cet anneau!..

MATILDE, *avec une lueur de raison.*

Oui... cet anneau... dis... qui te l'a donné?

BLANCHEROSE.

Ici, tout à l'heure... un chevalier.

MATILDE.

Ici... dans la nuit... au milieu de l'orage... fuis!.. fuis... malheureuse!... je te reconnais maintenant... tu es ma sœur... tu es Blancherose!.. et tu m'enlèves mon époux!

BLANCHEROSE.

Ton époux!.. qui... Enguerrand...

MATILDE.

Non!.. non... pas Enguerrand!.. je le croyais aussi... mais maintenant je sais son nom, l'effroi de notre famille...

BLANCHEROSE.

L'effroi de notre famille... il est là... Enguerrand, venez... ô venez... Expliquez-nous ..

MATILDE, *appercevant Robert.*

Ah!.. que vois-je ? c'est lui... lui... je me meurs !

(Elle tombe évanouie.)

BLANCHEROSE.

Matilde!.. *à Robert.* Et toi, qui es-tu donc? Ah! je le devine à tes trahisons!.. à l'horreur que tu m'inspires... ainsi, tu nous trompais toutes les deux .. Voilà ton épouse... (*Elle lui rend son anneau.*) Ton anneau est pour elle... reprends ce don empoisonné!.. sauve l'honneur de Matilde!.. et moi!.. adieu!..

ROBERT.

Où courez-vous ?..

BLANCHEROSE.

FINAL.

Oui, je t'abhore !
Tu veux encore
En vain ici me retenir,
Tu m'as trahie !
Moi, pour la vie
Je t'adorais... et je vais m'en punir!

(*Elle sort.*)

ROBERT.

Berthe est charmante,
Vive, agaçante,
Elle est l'image du plaisir !
Flamme nouvelle
M'attend près d'elle,
Et c'est près d'elle qu'il faut courir !

(*Parlé.*) On vient... fuyons !...

CHOEUR *en dehors.*

O malheur !
Disgrâce imprévue.
Oui, dans l'onde à nos yeux disparue,
Elle a fui celui qui l'a perdue !
Vengons-là... cherchons le séducteur.

(Robert sort... On frappe de tous côtés !...)

FIN DU PREMIER ACTE

ACTE DEUXIEME.

(Le Théâtre représente un site champêtre, au fond une vieille tour et une colline.)

SCÈNE PREMIÈRE.

ROBERT, THIBAUT, BLANCHE, ISOLINE, MARGUERITE.

ROBERT, *entrant avec Blanche, Isoline et Marguerite.*

Fleur des beautés de ce village,
Je suis un simple chevalier
Chantant gaîment son doux servage.

THIBAUT, *entrant avec deux villageoises.*

Je ne suis qu'un simple écuyer !...
Comme mon maître un peu volage !

CHOEUR *des Villageoises.*

Il faut nous dire votre nom !

ROBERT.

On m'appelle Roger !...

THIBAUT, *hésitant.*

... Oui, Roger est son nom !

ROBERT.

Mais pourquoi demander mon nom?
Eoutez plutôt ma chanson !...
C'est pour vous plaire que je chante.

CHOEUR *des Villageoises.*

Chantez-nous donc votre chanson !

ROBERT.

Allons !... écoutez ma chanson !...

Toujours !...
Dit Isnel à Nicette...
Toujours...
Est le cri que répète
L'amour,
Bachelette !
Mes amours !
M'aimeras-tu toujours ?
Dit Isnel à Nicette !
Toujours
Est, pour la bachelette,
Le serment des amours !
Et la pauvrette
Répète :
Toujours !

BLANCHE.

Celle que vous aimez !... faites-nous la connaître..

ROBERT.

Un indiscret aveu ne plairait point, peut-être,
A la beauté qui m'a promis sa foi !
Sans la nommer je la ferai connaître :
Ecoutez-moi !...

(Toutes les jeunes filles se groupent autour de lui, et écoutent avec une attention marquée.)

La gente bachelette,
Dont je suis amoureux,
M'écoute, et la pauvrette
Lève à peine les yeux !

(*Toutes les baissent.*)

Rêveuse, en dépit d'elle,
Son charmant embarras...
La rend encor plus belle
Et ne la trahit pas !...

ENSEMBLE.

Oh ! combien j'aime
Leur doux émoi !...

LES JEUNES FILLES *à voix basse.*

O trouble extrême !
Celle qu'il aime...
C'est moi !... c'est moi !

ROBERT.

Hier!... à la nuit tombante,
J'attendais son retour,
Elle accourut tremblante
Et le cœur plein d'amour!
Près de moi pour se rendre
Que son pas fut léger!
Que sa voix était tendre,
A l'heure du berger!

(*A part.*)

ENSEMBLE.

Je ris vraiment de leur effroi!...

LES JEUNES FILLES *avec crainte, mystère.*

A la nuit tombante,
Toute tremblante,
Ah! c'était moi?...

ROBERT.

Parlez!... faut-il enfin vous dire
Le nom de celle qui m'inspire?...

CHOEUR.

Non, non... il vaut mieux redire
Le refrain de votre chanson!

Toujours!...
Dit Isnel à Nicette... etc. etc.

MARGUERITE *à part.*

Oui, c'est moi qu'il aime!...

BLANCHE *à part.*

Je l'ai bien compris...

YSOLINE, *a part.*

C'est moi qu'il épousera!...

ROSE.

Il n'aime pas une ingrate...

MARGUERITE.

Pourtant ce n'est pas là s'expliquer clairement.

ROBERT.

J'ai dit...

BLANCHE.

Que vous aimiez!...

ROBERT.

La plus jolie !

YSOLINE, *vivement.*

Quelle est-elle ?

ROSE.

Je la connais.

ROBERT.

J'éprouve à le dire ici, un embarras bien naturel... Et la plus jolie m'entend bien... Je la vois...

(Il les regarde l'une après l'autre.)

BLANCHE *à part.*

Oui, oui !

YSOLINE *à part.*

Il me regarde !

MARGUERITE *rencontrant ses yeux.*

Et vous l'épouserez !

ROBERT.

Pourquoi pas ?

THIBAUT.

Oh !.. il vous épousera toutes si vous voulez !...

(Un écuyer paraît sur la coline et donne du cor.)

CHOEUR.

AIR.

Le cor se fait entendre :
Ecoutons !...

ROBERT.

... Quel est ce signal ?

CHOEUR ET THIBAUT.

C'est l'écuyer du sénéchal !

ROBERT.

Qu'a donc à nous apprendre,
Monsieur le sénéchal ?

BLANCHE.

Un baptême !...

MARGUERITE.

Une fête !

YSOLINE.

Ou bien un mariage !

CHOEUR.

Ecoutons son message !

L'ÉCUYER.

Le chef de ce baillage
Fait savoir à tout le village
Qu'un étranger !...

CHOEUR.

Un étranger ?...

L'ECUYER *continuant.*

Demande en mariage
Jeune fille de ce village.

YSOLINE.

Là ! je l'avais bien dit...

L'ECUYER.

Berthe épouse Roger!

CHOEUR.

Roger !

BLANCHE.

Il se marie !...

ROBERT.

... A quoi bon ce message ?

MARGUERITE.

Le perfide !

YSOLINE.

L'ingrat !...

THIBAUT.

Du pays c'est l'usage !

ROBERT.

Au diable soit l'usage du pays !

THIBAUT.

Il est pris !

ENSEMBLE.

ROBERT.

Je lis sur leur visage
Et leur surprise et leur dépit !...

LES TROIS JEUNES FILLES.

Oui, du volage
Je me dégage.

TOUTES *s'éloignant.*

Adieu !

(Elles sortent.)

ROBERT.

Ah ? elles ont beau fuir, je saurai...

(Il sort en courant après elles.)

SCENE II.

THIBAUT, puis NICE.

THIBAUT *regardant du côté où Robert a couru.*

Comme il court !.. Ah ! ma foi, en voilà une qui va moins vîte que les autres... Elle se retourne, le regarde, et rit .. A-t-elle envie d'être prise... Là... il la tient... encore une d'attrappée !... Elle l'écoute, et le suit dans les bosquets... à côté... Ce diable d'homme, quand je le vois comme ça... il me prend des envies... Enfin... je pourrais réussir... comme lui... Qu'est-ce qui me manque à moi... ? l'habitude, et je suis intimement convaincu qu'en faisant tout ce qu'il fait... Ah ! la bonne idée ! si la petite Nice venait par ici .. Justement... c'est elle... Eh bien, me voilà à même de prendre une belle leçon !...

NICE.

Ouf !... ai-je couru !... (*Apercevant Thibaut.*) Tiens... c'est le camarade de cet enjôleur qui nous poursuivait tout-à-l'heure !

THIBAUT *regardant dans la coulisse.*

(*A part.*) Voilà la petite qui a l'air de lui dire des douceurs... Nous sommes tous deux dans la même position !

NICE *à part.*

A-t-il l'air bête!.. il ne me revient pas du tout...

THIBAUT.

Commençons!... En ayant bien l'œil sur mon modèle!

(Haut à Nice, et en imitant comiquement les gestes que son maître fait dans la coulisse.)

Fleur des beautés de cè village...

NICE.

Hein?

THIBAUT, *même jeu.*

C'est à vous que ça s'adresse... fleur des beautés de ce village... l'amour que mon cœur... ressent pour vous... Ah! si vous saviez... combien la flamme que... qui...

NICE.

Voulez-vous bien me laisser tranquille!

THIBAUT, *à part, et regardant dans la coulisse.*

Ah! le voilà à genoux!

NICE.

Est-il déplaisant!

THIBAUT, *même jeu.*

(*Haut à Nice.*) Cet aveu enchanteur me ravit, m'enchante, et je veux à vos pieds...

(Il tombe à ses genoux.)

NICE, *froidement.*

Eh bien! quoi?

THIBAUT *décontenancé.*

Quoi? (*Regardant dans la coulisse. A part.*) Elle l'a relevé... et cette petite sotte qui me laisse là! (*Haut, et en se relevant.*) N'importe... et comme notre métier à nous autres séducteurs, est d'aimer et d'embrasser toutes les jolies filles...

NICE.

N'approchez pas!

THIBAUT.

Rien ne m'arrête...

(On entend le bruit d'un baiser dans la coulisse.)

NICE *lui donnant un soufflet.*

Attrape !

THIBAUT.

Là... juste comme la dernière fois... au diable la séduction !...

NICE.

Ah ! c'est que voyez-vous, au village...

THIBAUT.

Oui... au village, on a la main lourde... je le disais, jour pour jour, il y a six mois !

NICE, *en riant.*

Adieu, dangereux séducteur !...

SCÈNE III.

THIBAUT et bientôt ROBERT.

THIBAUT.

Elle se moque de moi, par-dessus le marché ! un soufflet ici, un baiser à côté... je vous demande un peu si c'est payer de la même monnaie !

ROBERT, *entrant en riant.*

Ah ! ah ! cette petite est charmante !

THIBAUT.

Quel démon que cette naïve jouvencelle !

ROBERT.

Ah ! mon cher Thibaut... l'aventure...

THIBAUT.

Vous m'en voyez encore tour étourdi, monseigneur !

ROBERT.

Je courais après elle... tu sais bien !

THIBAUT.

Je la vis s'approcher d'ici...

COUPLET.

ROBERT.

Je la saisis... en vain elle m'évite!

THIBAUT.

Je la tenais...

ROBERT.

Tout alla pour le mieux.
Un doux sourire, à lui parler m'invite.

THIBAUT.

Qu'avez-vous dit?

ROBERT.

J'ai parlé de mes feux!

THIBAUT.

C'est comme moi!

ROBERT.

Je badine, je joue...
Puis à ses pieds...

THIBAUT.

Je m'y suis mis ici...
Et puis...

ROBERT.

Le reste est écrit sur sa joue.

THIBAUT.

Bon... sur la mienne on peut le lire aussi!

ROBERT.

Et Berthe... ma jolie fiancée... l'as-tu vue?

SCENE IV.

ROBERT, THIBAUT, RAGONDE.

BERTHE.

Me voilà, Roger... les avez-vous entendus... ils annoncent aux habitans de la contrée le mariage de Berthe et de

Roger... Mon ami!.. j'avais besoin d'entendre ces mots... et cependant ils m'étonnent...

THIBAUT, *à part.*

Pauvre enfant!... autant voudrait entendre pour toi la cloche des funérailles.

ROBERT.

Berthe!.. l'approche de mon bonheur pourrait-elle ne pas te rendre heureuse!

BERTHE.

Oh!... si... je suis heureuse... la première fois que je vous ai vu... vous savez... il y a six mois... au château de madame la comtesse, la veille de la mort de ses deux nièces!...

ROBERT.

Oui... Eh! bien?...

BERTHE.

Eh bien!... depuis ce jour, je rêve le bonheur qui m'arrive aujourd'hui... et maintenant que l'heure en est venue... je sens une émotion...

RAGONDE, *avec un sourire.*

Cela passera... mon enfant!... cela passera.

COUPLET.

Cela passera, Dieu merci,
L'on tremble et puis l'on se rassure;
Autrefois, moi je fus ainsi,
Cela dura peu, je te jure...
D'abord je tremblais comme toi,
Ensuite je repris courage,
Je m'étonnais qu'un tel effoi
D'un tel bonheur fut le présage.

ROBERT.

Berthe, crois-en dame Ragonde... la peur s'en ira, il ne restera que l'amour... l'amour!... Je n'ai qu'une peur moi, c'est que ta flamme passe plus vite que la mienne...

THIBAUT, *à part.*

Oh! le scélérat!...

ROBERT.

Tu m'aimes, n'est-ce pas Berthe!... Tu es si jolie avec cette couronne... il te manque le bouquet... Ah!... c'est moi qui veux...

BERTHE.

Non!... je le cueillerai moi-même... tantôt avant de vous suivre à l'autel... il y a des roses qui m'attendent dans la salle des statues!

THIBAUT.

Comment!... dans le sombre réduit peuplé de ces vilaines femmes de marbre à l'air sévère...

RAGONDE.

C'est la plus belle salle du château, et nous y ferons la noce.

THIBAUT.

Eh bien... vous aurez là, une jolie société... c'est qu'elles ont des figures... Dieu! quelles figures! et des positions... Il y en a une comme ça, et puis une autre ainsi... et c'est fait... de vrais chefs-d'œuvres... elles ne parlent pas, sans ça on les prendrait pour des femmes naturelles.

ROBERT.

Berthe!... qu'a de commun le bouquet nuptial avec ces figures?

BERTHE.

C'est bien singulier... et bien triste à raconter!.. imaginez-vous que mademoiselle Blancherose... vous avez dû la voir au château de madame la comtesse.

RAGONDE.

Ange de douceur, que le ciel s'est pressé de rappeler à lui... Et dire que c'est ce damné de Robert!...

ROBERT.

Vous dites que Blancherose...

BERTHE.

La veille de sa mort, elle déclara qu'elle ne voulait pas qu'on plaçat, d'après les coutumes de sa famille, son image au château de Sorel...

RAGONDE.

Oui, la statue de Matilde... de sa sœur... a seule été placée dans la grande salle.

THIBAUT.

Je l'ai vue l'autre jour pendant l'orage... les éclairs lui donnaient un air si menaçant que je tremble d'y penser !

BERTHE.

Un vase de roses blanches rappelle seulement la mémoire de celle que nous pleurons, et c'est là... que je cueillerai mon bouquet... elle l'a ordonné... oui, c'est moi qui fut le dépositaire de cette dernière volonté, et elle voulut que le jour de mon mariage...

ROBERT.

Bien, Berthe!.. fidèle aux vœux de l'amitié... vous le serez aussi à ceux de l'amour.

(Il lui baise la main.)

RAGONDE.

Je vous quitte... car voici je crois l'instant de prévenir l'ermite !

ROBERT.

C'est inutile, dame Ragonde... Tout-à-l'heure, sur la route des Quatre-Chênes, j'ai fait la rencontre d'un brave hospitalier avec qui j'ai guerroyé en Terre-Sainte. Je lui ai fait part de mon bonheur... il veut l'augmenter en venant dans cette chapelle avec quelques-uns de ses amis, bénir mon union avec la charmante Berthe.

THIBAUT, *à part.*

C'est bien cela!... pauvre fille !

RAGONDE.

La présence de frères d'armes vous portera bonheur... Le ciel doit approuver des nœuds formés par des mains qui servirent sa cause.

ROBERT.

Il ne vient pas... que je suis impatient de lui voir bénir l'anneau. (*Il montre le sien.*) Voilà qui me donne à toi, Berthe, à toi pour la vie !.. qui peut comprendre tout notre bonheur... il faut pour cela une âme comme la nôtre... une âme qui mette avant toutes choses les délices de l'amour et les charmes de la vertu!

THIBAUT, *à part.*

S'il pouvait s'amender !...

ROBERT, *bas à Thibaut.*

Que ne vas-tu voir si Gontran n'est pas arrivé avec ses hommes.

THIBAUT, *bas à Robert.*

Quoi!.. après ce que vous venez de dire, vous voulez encore... (*Un geste fait taire Thibaut.*) Ah! quel homme! quel homme!

RAGONDE.

Et moi, je vais voir si tout est prêt, là... pour la cérémonie... Berthe, viens avec moi...

ROBERT, *à Berthe, la reconduisant.*

AIR.

Un instant je vous quitte,
Mais je reviens bien vite,
Guidé par le bonheur,
Vous apporter mon cœur !

BERTHE.

Quelle douce espérance

ROBERT, *à Thibaut.*

Partons !... le temps s'avance...

BERTHE.

Adieu Roger...

ROBERT, *lui baisant la main.*

Adieu!...

THIBAUT, *à part.*

Le séducteur!

ALIX, *paraissant dans le fond.*

C'est lui!... ce n'est point une erreur!

BERTHE.

Douce espérance!

ROBERT.

Douce espérance!

RAGONDE.

Eloignez-vous!

THIBAUT.

Eloignons-nous!

(Ragonde et Berthe entrent dans la tour. Robert s'éloigne suivi de Thibaut. Alix s'est cachée d'un autre côté. Le théâtre change, et représente une salle gothique remplie de statues; à gauche, la statue de Matilde, la main étendue en signe de colère; en face, un vase garni de roses blanches.)

SCÈNE V.

Jeunes Filles *ornant la salle de guirlandes, et bientôt après* BERTHE.

BERTHE.

Merci, mes amies!.. vos guirlandes font un effet charmant, et égayent un peu ce lieu plein des images de ceux qui ne sont plus... (*Les jeunes filles s'éloignent.*) « Tu » cueilleras là.... ton bouquet nuptial.... je l'exige. » O Blancherose!... ô ma bonne maîtresse, je t'obéis!... que cette fleur ainsi que tu en avais l'idée, protège ta pauvre Berthe!...

AIR.

Cueillons ce bouquet,
Pour mon corset
Il est tout prêt !
O rose, ô fleur tutélaire,
Ne quitte pas la bergère !
Image d'un objet charmant,
Sois le signe d'un bonheur constant !
O rose, ô fleur tutélaire,
Ne quitte pas la bergère !

Que sens-je là !.. c'est singulier !.. mon cœur bat comme si j'avais bien peur. . et cette femme... qui se glisse dans l'ombre... quelle est-elle ?..

SCÈNE VI.

BERTHE, ALIX.

ALIX, *entrant.*

Eh ! quoi ! je ne saurai donc pas....

(Apercevant Berthe. Mouvement. Musique très-brusque.)

DUO.

Ah ! jeune fille !... dites-moi...

BERTHE.

Que veut-elle ? quel air d'effroi !

ALIX.

Dites-moi... vous saurez peut-être
Quel est le jeune troubadour ?

BERTHE.

Le jeune troubadour ?

ALIX.

Qu'à l'instant au pied de la tour !

BERTHE.

Au pied de la tour !...

ALIX.

En m'éloignant, j'ai vu paraître...

BERTHE.

En effet... je dois le connaître,
Il a ma foi... j'ai son amour !

ALIX.

Eh ! quoi ! c'est celui qu'en ce jour
L'hymen va vous donner pour maître !

BERTHE.

Oui... c'est lui-même en ce jour.

ALIX.

Ciel !... si c'était lui !... le perfide !...
Et son nom ?...

BERTHE.

... Elle m'intimide !...

ALIX.

Son nom ?

BERTHE.

... Il se nomme Roger !

ALIX.

Roger !... ce n'est pas le perfide !...
De nom, ne sait-il pas changer !
Oui, sa démarche, sa tournure...
C'est lui... c'est lui... tout me l'assure !

BERTHE.

« C'est lui... c'est lui... tout me l'assure ! »
Elle parle donc de Roger !
Je n'ose pas l'interroger !

ALIX.

Malheur à toi... si sur ta route...
L'enfer a conduit le trompeur !

BERTHE.

Le trompeur !... la crainte, le doute...
Déchirent et troublent mon cœur !

ENSEMBLE.

Mon / Son Cœur palpite,
Il s'agite,
Une crainte subite,
Redouble ma / sa frayeur !...

ALIX.

Vers ces lieux, c'est lui qui s'avance !
Toi... rentre-là... je reste ici...

BERTHE.

Je tremble !...

ALIX.

... Silence !...

HOMMES D'ARMES, CHOEUR, *entrant dans le fond.*

Agissons bien avec prudence !...
Silence !

BERTHE.

C'est lui !...

ALIX, *la faisant éloigner.*

Silence !...

SCENE VII.

THIBAUT et bientôt ROBERT.

THIBAUT.

Là... les voilà cachés... et les pauvres malheureuses ne risquent rien.... Il prend bien ses mesures, et en cas que la ruse échoue, la force est toute prête... Damné d'homme ! pas plus de pitié qu'un Sarrasin. . tromper cette pauvre fille devant l'image de celle... Sa statue est là... derrière moi... Quand je me rappelle son air effrayant, je n'ose pas la regarder... Non... c'est plus fort que moi... et j'ai là dans le cou, comme une barre de fer qui m'empêche de tourner la tête... avec ça, la nuit n'est pas loin, et j'ai cru entendre..

ROBERT *lui frappe sur l'épaule. Il jette un grand cri.*

Qu'as-tu ?...

THIBAUT.

Rien..

ROBERT.

Et nos amis...

THIBAUT.

Cachés dans les environs... ah! qu'elle peur!...

ROBERT.

Nous n'aurons pas recours à leurs services, je crois; qui diable découvrirait notre ruse... Gontran n'a-t-il pas l'air aussi vénérable que son habit?

THIBAUT.

Et ce n'est pas sans peine qu'il s'est décidé à le prendre.

ROBERT.

Au diable ses scrupules... comme si c'était la première fois qu'il lui arrivait de paraître ce qu'il n'est pas... Il boit comme un templier; il refusait de s'affubler du costume... Je n'y conçois plus rien.

THIBAUT.

Mais, seigneur, songez donc que cette action...

ROBERT.

Je la paie... qu'il dispute sur le prix que je veux y mettre, soit... mais qu'il ne vienne pas me parler de conscience!...

THIBAUT.

Et la conscience aussi... vous n'y croyez pas!... la conscience est pourtant une belle chose et bien vraie surtout... Quand je fais mal, moi, j'ai là une voix qui me dit tout de suite : Thibaut, c'est mal. L'autre jour j'ai bu ce vin que vous trouviez si bon et que vous m'aviez dit de vous garder...

ROBERT.

Comment, c'est toi...

THIBAUT.

Vous pouvez être tranquille, la voix de là m'a dit : le vin est bon, mais tu fais mal de le boire... et ça ne te profitera pas!

ROBERT.

Et tu l'as bu?

THIBAUT.

Il était versé, et le proverbe ne peut mentir; ça n'empêche pas que la conscience...

ROBERT.

J'y crois comme à toute autre chose...

THIBAUT.

C'est-à-dire que vous ne croyez à rien... Tenez, seigneur, ça finira mal... Faites de moi ce que vous voudrez, mais faut que ça parte : ça finira mal! et nous en faisons trop... Quand je dis : nous, c'est vous; ne confondons pas. Aimer une jolie fille, c'est bien; en aimer deux, c'est encore bien... En aimer trois, quatre, cinq, six... lorsqu'on le peut, ça n'est pas trop mal. Donner un baiser là, recevoir ici un soufflet... oui, monsieur, un soufflet... ça s'est vu... et c'est à merveille; mais employer ce qu'il y a de plus sacré au monde, pour...

ROBERT.

Est-ce que tu avances l'heure du sermon?...

THIBAUT.

Je compte sur mes doigts toutes celles... Voyons un peu... Nice, Alide, Clorinde, Matilde...

ROBERT.

Oui... Matilde!...

THIBAUT.

C'est celle-là qui vous aimait... Monsieur... la voilà... cette grande figure blanche, nouvellement placée ici... c'est elle!

ROBERT.

Eh! vraiment oui... elle a un air tout-à-fait noble!

THIBAUT.

Il semble qu'elle est en vie... elle jette sur nous des regards qui me feraient peur si j'étais tout seul... Malheureuse!... que n'a-t-elle pas fait et souffert pour vous... et tout cela parce que vous lui aviez dit : « mon anneau, je le jure, sera au doigt de Matilde! »

ROBERT.

Lui ai-je dit : je le jure!...

THIBAUT.

Cela vous coûte bien n'est-ce pas?... Un serment, pour un chevalier, est pourtant une chose sacrée!

ROBERT.

Oui, tu as raison vertueux Thibaut... et voilà un beau moyen de mettre ma conscience en repos de ce côté... (*Il ôte son anneau de son doigt.*) Prends!

THIBAUT.

Que voulez-vous que j'en fasse?

ROBERT.

Mon anneau, je l'ai juré, sera au doigt de Matilde... Porte-le à la statue!

THIBAUT.

A la statue!... Tenez, monsieur, point de mauvaises plaisanteries... et choisissez un autre moyen de vous égayer... Si vous saviez ce qu'on dit de ces images terribles!

ROBERT.

Fais ce que je te dis... Allons, voyons!... prends un air respectueux... Avance, salue, et dis-lui : « Je place à votre doigt l'anneau de monseigneur et maître. »

THIBAUT.

Vous moquez-vous?... Ce serait être fou que de parler à une statue. (*A part.*) Maudite faiblesse!... (*Répétant.*) « Je place à votre doigt l'anneau de monseigneur et maître. » Il y est.

ROBERT.

Ajoute : « Quand vous voudrez... venez trouver votre fiancé... le voici! »

THIBAUT.

Quelle bisarrerie !... Quand vous voudrez... (*A part.*) Je ris de ma sottise, mais c'est mon maître qui me l'a fait faire. (*Haut.*) Quand vous voudrez... venez trouver votre...

ROBERT, *apercevant les villageois.*

Te tairas-tu maladroit. (*Pendant la ritournelle du chœur qui suit.*) Déjà l'on s'avance vers le lieu de la cérémonie !... Tout le village arrive gaîment... Je reconnais à leur tête les jeunes filles qui, ce matin... Elles me semblent encore plus jolies !... Je veux faire ma paix avec elles !

THIBAUT, *à part.*

C'est fini... il n'y a plus moyen de rester avec cet homme-là ... Il se moque des vivans, se joue des morts... Je le quitte : c'est un sacrifice que je dois à la vertu... mais mes gages ! mes gages.

SCÈNE VIII.

ROBERT, THIBAU, BLANCHE, MARGUERITE, ISOLINE, Villageois et ROSE.

CHOEUR.

Les filles du village,
Qui d'un amour léger,
Ont su fuir le danger ;
Les filles du village,
Chantent le mariage
De Berthe et de Roger !

ROBERT, *à Blanche.*

Laissez-moi vous expliquer ?

BLANCHE.

Non !...

ROBERT, *à Isoline.*

Je puis vous assurer.

ISOLINE.

Non...

ROBERT, *à Rose.*

Vous savez bien que je vous aime.

ROSE.

Laissez donc... l'on ne vous croit plus !

ROBERT, *à Marguerite.*

Mais pourquoi ne pas m'écouter ?

MARGUERITE.

C'est qu'au village, on nous a appris à nous méfier des trompeurs !

BLANCHE.

Des séducteurs !

ISOLINE.

Des enjôleurs ! on en trouve partout...

ROBERT.

Et vous pourriez croire, Blanche, que de riches seigneurs font métier de séduire les jeunes filles ?

MARGUERITE.

Par exemple !... le maître de la campagne voisine !

ROBERT.

Qui donc ?... le comte Robert ?

BLANCHE.

Surnommé le Diable !... à cause de ses méfaits.

MARGUERITE.

Chaque soir, à la veillée, on nous raconte les méchans tours qu'il a joués.

ROSE.

A quels dangers les pauvres filles sont-elles exposées !

MARGUERITE.

Vous devez savoir la ballade de Robert-le-Diable.

ROBERT.

La ballade de Robert-le-Diable, moi ?...

BLANCHE, *aux villageois.*

Mes amis !... il va nous la chanter !

ROBERT.

Thibaut... tu vas chanter à ces braves gens la ballade de Robert-le-Diable !

THIBAUT.

Moi ?... je ne l'ai jamais sue... et d'ailleurs, vous savez que je suis enrhumé... (*à part*) et puis, il n'aurait qu'à se fâcher ! (*Haut.*) Vous, c'est différent ! vous connaissez la vie de Robert comme la vôtre... (*Aux villageoises.*) Personne ne peut mieux chanter la ballade que lui... priez-le... il ne vous refusera pas.

BLANCHE.

Commencez, je vous prie !

ISOLINE.

Voyons... seigneur Roger !

MARGUERITE.

Nous écoutons !

ROSE.

Allez-vous vous faire prier ?

ROBERT.

Allons ! je cède de bonne grâce ! (*à part*) il le faut bien... (*Regardant Thibaut en dessous.*) Tu me le paieras !

FINAL.

Sur nos rochers, s'élève un château menaçant,
Le voyageur le maudit en passant.....
Et la bachelette jolie,
Qui, vers le soir, s'en va chantant,
A son aspect, tout-à-coup s'arrêtant,
Change de route, tremble et prie !
Ce château !...
L'effroi du hameau !

Qu'habite un maître impitoyable,
C'est le château

(Il hésite; moment de silence.)

CHOEUR.

C'est le château,

ROBERT.

Le château de Robert-le-Diable...

CHOEUR.

Fuyez!... ô filles du hameau
Le château de Robert-le-Diable!

THIBAUT.

Son chant, malgré moi m'épouvante!

LES TROIS JEUNES FILLES, *à Robert.*

Vous voyez bien qu'il faut fuir les trompeurs,
Les séducteurs,
Les enjôleurs!

SCÈNE IX.

LES MÊMES, RAGONDE, BERTHE.

(Elles sont entrées pendant le refrain de la Ballade.)

RAGONDE.

Craignez Robert!...

BERTHE.

...Je suis tremblante?

ROBERT, *à part.*

Ah! quel embarras est le mien!...

RAGONDE, *aux jeunes filles.*

De la leçon, gardez la souvenance!...

CHOEUR *avec attention, et une frayeur toujours croissante.*

Faisons silence!...
Ecoutons bien.

(Au moment où Ragonde va chanter le 2e couplet, Alix voilée paraît en l'interrompant.)

SCÈNE X.

LES MÊMES, ALIX *au fond.*

ALIX.

Ecoutez !...

TOUS.

Quelle voix !

ALIX *s'avançant lentement.*

Je vous ferai connaître
Celui dont le nom odieux
Porte l'épouvante en tous lieux !

ROBERT *avec humeur.*

Quelle est donc cette femme ?...

ALIX *le regardant.*

Il n'est pas loin, peut-être !

ROBERT *à Thibaut.*

Thibaut, ma bague !...

(Thibaut va à la statue.)

BERTHE.

Je ne puis plus me souteni

CHOEUR.

Elle est tremblante !
Tout l'épouvante !...

THIBAUT *jette un crie et revient.*

Ah ! la bague !...

ROBERT.

Eh bien !..

THIBAUT.

La statue !...
Son doigt est replié, je n'ai pu le saisir !

ROBERT.

La frayeur a troublé sa vue...
Et moi-même, je vais reprendre mon anneau !

(La statue, qui avait le bras baissé, le relève.)

TOUS.

Grand Dieu !... quel est ce prodige nouveau?
Il est d'un sinistre présage !

ROBERT *près de la statue*.

Et qu'importe, après tout, pour notre mariage?
Chère Berthe, à l'autel...venez, suivez mes pas...

ALIX, *se précipitant entr'eux*.

Arrêtez !... cet hymen ne s'accomplira pas...
Fuyez un monstre abominable,
Vous tous qui m'écoutez !

CHOEUR.

Parlez !...

ALIX.

Robert le Diable...

CHOEUR.

Eh ! bien !...

ALIX.

Est parmi vous...

CHOEUR.

Parmi nous !...

ALIX.

... Dans ce lieu.

CHOEUR.

Dans ce lieu !... Où donc est-il ?...

LA STATUE *baissant le bras, désigne Robert*.

Le voilà...

TOUS, *jetant un cri et fuyant*.

Dieu !...

FIN DU DEUXIÈME ACTE.

ACTE TROISIÈME.

(Le Théâtre représente une chambre gothique du château de Robert.)

SCÈNE PREMIÈRE.

THIBAUT, ALBÉRIC, Hommes d'armes, ALIX,

ALBÉRIC.

Premier Couplet.

Chantons, amis, notre coupe est remplie !
L'orage, au loin, promène ses fureurs ;
Le verre en main, bravons ses feux vengeurs !
Que craignons-nous !.. la foudre nous oublie...

CHOEUR.

Chantons,
Trinquons,
A toi,
A moi !
Buvons ! et point d'effroi !

ALBÉRIC, *à Tibaut.*

Allons donc, Tibaut, mets-toi en train ; tu ne bois ni ne chantes... tu as l'air d'un conspirateur...

THIBAUT, *effrayé.*

J'ai l'air d'un conspirateur.... est-ce qu'on voit sur ma figure ?.. (*Les hommes d'armes rient en le regardant*). On ne dit pas de ces choses là.... non, c'est d'une inconséquence amère... parce que, enfin, avec un maître comme Robert le Diable....

ALBÉRIC.

Heim...

THIBAUT.

Rien.. Entendez-vous l'orage... on dirait que le ciel....

ALBÉRIC.

DEUXIÈME COUPLET

Aux poltrons seuls le ciel est redoutable;
Que nos accens couvrent ses vains éclats;
Et de Robert, intrépides soldats,
Chantons le vin, notre maître et le Diable!

COEUR.

Chantons, etc. etc.

ALBÉRIC.

ta s anté, Thibaut:.

THIBAUT.

Tiens, pourquoi ne boirions-nous pas?. Quant à moi, je me sens en gaîté aujourd'hui..(*regardant Alix*) Oui,.. je suis plus content de moi,.. je respire plus librement... c'est comme quand on a fait du bien.. mais, vous ne connaissez pas ça, vous autres!.. ainsi, buvons, c'est le meilleur moyen d'oublier les chagrins.

ALBÉRIC.

Et la peur.. Jaurais bien voulu être là, moi... croire qu'une statue...

THIBAUT.

Il est bon là, l'écuyer de Monseigneur.... croire qu'une statue... il prend son petit air goguenard pour nous dire ça: craire qu'une statue.. Eh bien, oui, je crois qu'une statue... Le Maître ne l'a-t-il pas vu aussi ?... il est brave lui!. Eh! bien il a été si consterné de ce prodige, qu'il n'a rien fait pour s'assurer de la possession de cette jeune fille.. qu'il aimait tant... ce jour là.

ALBÉRIC.

Que voulais tu qu'il fit! c'était bien avec cinq ou six hommes, n'est-ce pas, qu'il pouvait tenir tète à ces paysans révoltés.. rentrer ici, et aviser au moyen d'assurer ses projets de vengeance et d'amour; c'est ce qu'il avait de mieux à faire, et c'est ce qu'il a fait..

THIBAUT.

Il persiste donc toujours dans ces projets là?..

ALBÉRIC.

Plus que jamais!... Cent de ses hommes d'armes... c'est

Gontran qui les commande.. sont partis hier.. et un bon enlèvement..

ALIX, *à part.*

Un enlèvement!

ALBÉRIC.

Excellente méthode! Je bois à ce moyen de réussir. (*à Alix après avoir bu*). Et vous, dolente dame, ne nous imiterez vous pas... Vous avez un air triste comme votre habit... la tristesse est déplacée ici.

ALIX.

La tristesse a dû m'y suivre... elle n'est point importune comme votre joie.. et pourtant je la subis sans m'en plaindre.

ALBÉRIC.

C'est fort heureux!. (*à Tibaut, bas*). Comment a-t-elle pénétré jusqu'ici?. Les hommes d'armes qui veillent sur les murs ont ordre de refurser l'entrée à toute femme.. à moins qu'elle ne soit jeune et jolie.. et celle-là..

THIBAUT.

Je l'ai trouvée installée dans cette salle, auprès du feu.. Comment y est-elle venue?.. je n'en sais rien... l'orage la peut-être apportée!

ALBÉRIC.

Par la fenêtre, n'est-ce pas?

THIBAUT.

Je crois tout.. Vois-tu, Albéric.. depuis que la statue!.

(L'on entend le bruit du cor qui se répète en écho.)

MORCEAU DE MUSIQUE.

ALBÉRIC.

Entendez-vous? sur la muraille
Au loin, le nain sonne du cor.

THIBAUT, *regardant par la fenêtre.*

Je vois briller le fer et les cottes de maille,
Les soldats de Robert vont rentrer dans le fort.

ALBÉRIC, *de même.*

Au milieu d'eux... j'aperçois une femme
Qu'on porte dans son voile blanc...

Elle est très-bien, et sur mon âme,
De Monseigneur le goût est excellent!

CHOEUR.

Oui, de Robert le goût est excellent!

ALIX.

C'est Berthe!... Ah!... quel tourment!

ALBÉRIC.

La présence de cette femme m'inquiète, et, en serviteur fidèle, je dois prévenir Monseigneur de ce qui se passe ici. (*Il sort*).

SCENE II.

LES MÊMES, BERTHE, Femmes du château qui la reçoivent des hommes d'armes.

CHOEUR *des Femmes. La déposant sur un lit de repos.*

Doucement!
Lentement,
Ici qu'on la dépose...
Voyez comme la rose
A fui
Son visage pâli...
Mais son œil s'ouvre à la lumière!
Renaissez...
Revenez!...
L'amour attend!... l'amour espère!

BERTHE, *se levant et cherchant a rappeler ses esprits.*

Ah! c'était un songe effrayant!
Ces cris!... Enlevons-là... Cette voix menaçante...
Oui, de frayeur... j'étais mourante...
(*Levant les yeux autour d'elle.*)
Que vois-je?... ce château brillant!...
Où suis-je? par pitié... parlez... je suis tremblante..

CHOEUR.

Pourquoi cet épouvante,
Dans des lieux où tout doit rassurer votre cœur...

BERTHE, *avec surprise.*

Ah! parlez!... rassurez mon cœur!
Vous le voyez... je suis tremblante...

CHOEUR.

Oui, pour vous cette fête brillante.

BERTHE, *avec surprise, et ravie par degré.*

Eh! quoi... cette fête brillante...

CHOEUR.

D'un époux est l'hommage flatteur...

BERTHE.

D'un époux est l'hommage flatteur.

CHOEUR.

Et de nos voix !...

BERTHE.

Et de vos voix!...

CHOEUR.

L'harmonie éclatante!

BERTHE, *toujours plus ravie.*

L'harmonie éclatante !

CHOEUR.

En ce jour...

BERTHE.

En ce jour...

CHOEUR.

Pour votre cœur...

BERTHE.

Est pour mon cœur !

CHOEUR, *séloignant.*

Un chant d'amour et de bonheur !

BERTHE, *avec ravissement.*

Un chant d'amour et de bonheur!

(Thibaut, avant de suivre le chœur, fait signe à Alix d'agir avec prudence.)

THIBAUT.

De la prudence... on ma déjà dit que j'avais l'air d'un conspirateur....

SCENE III.

ALIX, BERTHE.

ALIX, *vivement à Berthe.*

Berthe! Berthe....... revenez à vous, reconnaissez Alix, la tante de Blanchcrose, de Maltide.... Vous êtes chez leur assassin...

BERTHE.

Grand Dieu!... Robert le Diable!

ALIX.

Chut!. Il est là...

BERTHE.

O! par pitié, ne m'abandonnez pas.. sauvez-moi.. Madame, sauvez-moi!

ALIX.

Ma présence ici doit vous rassurer.. Les momens sont précieux!. il ne faut pas que l'on nous surprenne ensemble, adieu.. Au milieu de la nuit.. vous serez libre. Du courage Berthe, je veillerai sur vous.

SCÈNE IV.

BERTHE seule.

Elle me laisse seul dans ces lieux. Si Robert!..N'entends-je pas!.. il vient!. (*moment de silence*). Je me trompais!. ce n'est pas lui... Le silence règne dans tout le château... Espérons qu'Alix! mais, ô ciel! ce bruit d'armes.. là.. à côté.. (*elle écoute*). C'est sa voix! (*elle regarde*). C'est la comtesse Alix! la voilà au milieu des soldats de Robert. On a surpris ses desseins.. Malheureuse Berthe!. plus d'espoir.. il faut fuir!... de quel côté porter mes pas... les issues de ce palais me sont inconnues.. n'importe.. essayons!..

Elle sort sur la ritournelle du morceau de la scène de nuit. Cette ritournelle, exécutée pendant le changement de décors, est suivie du chœur ci-après. — Le Théâtre représente une grande salle gothique.... une montagne dans le fond... On fait les apprêts du banquet nuptial.)

SCENE V.

THIBAUT, Hommes d'armes, Femmes du château, puis ROBERT.

CHOEUR.

Le plaisir nous appelle,
Et chacun avec zèle
Va décorer ces lieux,
Pour le festin joyeux.
Ce banquet qui s'apprête
Doit couronner la fête
Qu'ordonne Monseigneur !

THIBAUT.

Découverte.. arrêtée... pauvre femme! je n'ai pas la main heureuse... et les conspirations ne réusissent pas plus que les séductions... si l'on venait à savoir que c'est moi.. Ce diable d'Albéric, qui ma dit que j'avais l'ai d'un conspirateur. Si j'ai cet air là, c'est bien sans le vouloir; c'est vrai... j'étais au bout du pont-levi, à regarder couler l'eau des fossés.... il est vrai que je pensais à tout ce que Robert a fait dans sa vie, et je me disais : ça finira mal! mais enfin ce n'est pas là de la conspiration. Voilà que tout-à-coup une femme noire s'approche. « Mon ami, me dit-elle...... » repéter tout ce qu'elle me dit, par exemple, ça serait trop long. Mais, c'était bien dit, et moi je suis si faible avec les femmes... j'en suis bête; et puis celle là avait des raisons (*tirant une bourse de sa poche*). Je suis sûr qu'il y a dans cette bourse de quoi remplacer une année de mes gages... Tout cet argent pour la laisser pénétrer ici; eétait un marché superbe. Aussi, j'ai bien su.... C'est Robert.... si je pouvais me cacher!

ROBERT, *seul.*

C'est bien.. mes joyeux compagnons.. du vin, des fleurs et de la joie... Goutran, recommande que l'on fasse bonne garde auprès de la tour!. La comtesse Alix, est ma prisonnière et, en attendant que je connaisse et punisse l'infidèle serviteur qui l'a introduite ici!..

THIBAUT, *à part.*

Aïe!. Je crois qu'il m'a regardé, et si vraiment j'ai l'air d'un conspirateur....

ROBERT.

Taut...

THIBAUT, *effrayé et à part.*

Ah! mon Dieu!

ROBERT.

Connais-tu la tour dont je parle?...

THIBAUT.

Monseigneur me fait l'honneur de me demander si je connais la tour dont....

ROBERT.

Oui, la tour avec ses herses, ses meurtières, ses oubliettes.

THIBAUT, *dernier degré de l'effroi, à part.*

Je suis mort.. ses oubliettes (*haut*). Monseigneur, j'ai oublié...

ROBERT.

Eh bien, tu renouvelleras connaissance avec elle...

THIBAUT, *tout près de tomber à genoux*

Miséricorde!

ROBERT.

Car c'est toi que je charge de veiller sur la prisonnière.

THIBAUT.

Moi que vous chargez de veiller... certainement, la marque de confiance.. et du moment que.. (*à part*). Je respire, je savais bien que je n'avais pas l'air d'un...

ROBERT.

Les vassaux de la comtesse se sont armés. Je sais qu'ils

doivent cette nuit attaquer le château.. Je pourrai ainsi les tenir en respect... allez !. et que la fête de ce soir soit digne de ma fiancée

(Tout le monde sort.)

SCÈNE VI.

ROBERT, seul.

Jeune et brillante de beauté,
Berthe, bientôt va s'offrir à ma vue !
Elle est là, près de moi... déjà l'heure est venue :
Ivre d'amour !... mon cœur est enchanté.

O toi que j'appelle !
O toi que j'attends !...
Viens, encor plus belle,
Enivrer mes sens !...
Viens, je t'attends !...

Mais je ne sais... la nuit s'avance...
Mes yeux se ferment malgré moi !...

(*Il se place sur un canapé.*)

SCÈNE VII.

ROBERT, BERTHE, puis la Statue.

BERTHE, *paraissant à la porte.*

Autour de moi règne un profond silence !
Avançons !... ciel !..

(*Apercevant Robert.*)

C'est lui ! je meurs d'effroi !

ROBERT, *rêvant.*

O toi que j'appelle !
O toi que j'attends !
Viens encor plus belle
Enivrer mes sens !

BERTHE.

Fuyons!..

ROBERT.

Viens!... je t'attends!

(Au moment où Berthe va sortir par le fond, elle apperçoit la statue qui descend la montagne.)

BERTHE.

Ciel!. que vois-je?.

ROBERT, *rêvant toujours.*

Viens, encor plus belle,
Enivrer mes sens!
Viens, je t'attends!

(La Statue s'avance, fait un signe de protection à Berthe, et va s'asseoir sur le canapé, à la gauche de Robert, qui continue toujours endormi.)

Charmante fiancée!
Te voilà donc enfin...
Donne, donne ta main,
Que je la presse sur mon sein!

(S'éveillant avec un cri, après avoir pris la main de la Statue.)

Grand Dieu!... cette main est glacée!

(*Apercevant la statue.*)

Ah!...

BERTHE.

Que devenir?

ROBERT, *fuit épouvanté.*

O. terreur!...
Quel est donc ce spectre horrible!
Amis!... à moi... venez!

La Statue disparaît par le cabinet.)

BERTHE, *allant du même côté*

La fuite est impossible!

(Elle entend revenir Robert et s'arrête à la place que vient de quitter la Statue; l'on apporte des flambeaux dans le fond.)

ROBERT, *frappé de surprise à la vue de Berthe.*

Berthe! .. et quoi!... n'est-ce pas une erreur!

BERTHE.

Que lui dire?... je meurs de frayeur!

SCÈNE VIII.

ROBERT, BERTHE, Femmes, Valets, etc., etc.

CHOEUR.

Oui, cette fête?
Ici, pour la bauté s'apprête !...

ROBERT, *cherchant à se remettre.*

Quel effroyable songe a frappé mes esprits !
Mais dissipons le trouble où je suis !

(Aux femmes).

Que la parure embellisse encore
Celle que j'adore !

CHOEUR DE FEMMES, *parant Berthe.*

Que la parure embellisse encore
Celle qu'il adore !

BERTE, *prête à s'évanouir.*

Je ne puis plus me soutenir !
O ciel !... que faire?

(Musique brusquement interrompue.)

SCÈNE IX ET DERNIÈRE.

LES MÊMES, ALBÉRIC.

ALBÉRIC.

Fuyez, Robert.. les portes du château sont ouvertes... La Comtesse, délivrée par Thibaut, est à la tête de ses vassaux armés... ils accourent !

ROBERT, *s'élançant vers Berthe.*

Je ne sortirai d'ici qu'avec ma fiancée !

LA STATUE.

Me voici !

REPRISE DU MORCEAU FINAL.

CHOEUR DES FEMMES *de la fête.*

Quel spectre affreux vient le saisir,
L'enfer le réclame, il faut fuir...

BERTHE, *courant au devant d'Alix, qui paraît au fond avec des hommes armés.*

Auprès d'Alix il faut courir!

ROBERT, *fuyant devant la Statue.*

Quel spectre affreux et par où fuir...?

CHOEUR D'OMBRES, *poursuivant Robert.*

De nos tombeaux, pour te punir,
Le ciel enfin nous fait sortir!...

ROBERT, *entraîné par la Statue.*

O terreur! je me sens mourir?

(Les Ombres qui ont paru en même temps que la Statue entourent Robert, qui disparaît sous une pluie de feu.)

FIN.

IMPRIMERIE DE DAVID,
BOULEVART POISSONNIÈRE, N° 6.

www.ingramcontent.com/pod-product-compliance
Ingram Content Group UK Ltd.
Pitfield, Milton Keynes, MK11 3LW, UK
UKHW021003180726
13838UKWH00003B/1427

9 782329 063010